ROMPIENDO EL ARTE

JAIME A. DE LA GARZA

TABLE OF CONTENTS

ROMPIENDO EL ARTE

Las tres personas en el consultorio comparten un corto silencio de desconfianza. Los diversos diplomas y reconocimientos en las paredes acreditan a este psiquiatra como un experto en su campo, pero la joven pareja que concertó la cita no está muy convencida de lo que el hombre con doctorado acaba de explicar.

—Doctor, creo que no nos estamos explicando. Mi esposa y yo estamos preocupados, no sabemos qué hacer con nuestro hijo, ¿Y usted nos dice que su comportamiento es normal? —cuestiona el hombre, Arturo.

—Dentro de los parámetros para esta condición, sí, es completamente normal.

—¿No hay nada que podamos hacer? —pregunta inquieta la mujer, Rocío.

—Señor y señora Domínguez, una persona con trastorno obsesivo-compulsivo puede ser tratada y medicada, pero lo que les recomiendo en este momento es que le den algo de espacio a su hijo. En algunos casos, la obsesión se va perdiendo poco a poco y para cuando llegan a la edad adulta, sólo retienen algunas fijaciones que, hasta cierto punto, podrían no ser del todo negativas.

—Erick cuenta los pasos de la cocina a su cama cada noche y no se acuesta hasta que el total sea un número par, ¿Ese comportamiento va a traerle cosas positivas de adulto?

—Es una cuestión de mantenerse optimista, señor Domínguez. Imagine que su hijo convierte esas obsesiones en hábitos por un estilo de vida saludable, como hacer ejercicio todos los días, comer alimentos sanos a diario. O lo aplica en su trabajo, llegar puntual, no dejar nada sin terminar, sería un trabajador muy eficiente. Y la línea entre obsesión y disciplina se borraría, si él llega a tenerlo controlado.

—¿Pero podrá controlarlo? Es lo que nos preocupa —interviene la señora Domínguez.

—De ahí lo que comenté hace un momento. Denle su espacio, háganle saber que puede lograrlo, que puede él solo vencer las obsesiones. No lo presionen para que lo haga, denle tiempo. Y yo seguiré tratándolo, aconsejándolo y estaré pendiente de sus fijaciones. En base al progreso, determinaré con qué frecuencia deberá venir. Podemos empezar con citas cada dos semanas, hasta que considere que venga cada mes. Después de eso podemos reunirnos nuevamente para hablar de terapias sólo de chequeo.

—Bueno, doctor Santiago… eso haremos, y esperar que esto no sea algo que perdure —finaliza Arturo, intercambiando una mirada de recelo con su esposa, no muy convencidos de que fuera a funcionar.

10 años han pasado desde ese día. Erick Domínguez ha pasado de ser un niño tímido y solitario a un destacado atleta de 17 años, presidente del club de ajedrez de su clase, y un ávido cinéfilo. Siendo su afición a las películas una de las últimas cosas con la que mantenía una obsesión alarmante.

A simple vista, se veía como un estudiante más, preocupado por asuntos de bachillerato. No había forma de saber sobre las mil cosas que le rondaban por su cabeza cada minuto, y que él hacía un gran esfuerzo por ignorar. Sin duda no lo sabían todos los demás estudiantes, como los que se quedaron a fumar cigarrillos y charlar de películas a la salida de la escuela.

—Te digo que fue la versión de Alicia de Tim Burton —asegura uno de los jóvenes, Carlos Mora.

—¡No! Fue 'Espías desde el cielo' —opina su amigo, Roberto Pérez.

—¿Quieres apostar? 50 pesos a que fue la de Alicia.

—Pues de una vez, venga, te diré cuál fue —acepta, sacando su celular.

—Aguanta, aguanta, te ahorro que lo googlees —sugiera Carlos, viendo a Erick salir de la escuela—. Te tendré la respuesta más rápido.

—¿Qué? ¿Él quién es?

—Wikipedia andante. Oye, Erick —le llama, consiguiendo su atención mientras caminaba junto a ellos—. Pregunta rápida, ¿Últimas tres películas con Alan Rickman?

—Alicia a través del espejo, 2016. Espías desde el cielo, 2015. Un pequeño caos, 2014 —recita sin titubear Erick.

—¿Te sabes los años? No, no lo creo. A ver, lo busco.

—Este tipo…. Mejor saca la cartera y págame.

—Veamos, aquí dice que… —se detiene Roberto, mirando sorprendido a Erick—. Sí, sí fueron esas tres, en esos años. Es increíble. Deben gustarte mucho las películas.

—Demasiado, dirían algunos.

—Conozco a Erick desde primero de secundaria, mayor cinéfilo que exista —cuenta Carlos—. A él pregúntale de la película que quieras. Mexicana, extranjera, de acción, terror, clásica, moderna; la que sea. ¿Sí o no, Erick?

—Bueno, no es algo que vaya por ahí presumiendo. Es sólo pasión por las películas, es todo.

—Oye, mira, a nosotros también nos gustan mucho las películas. Hoy tendremos una reunión con más amigos que vienen de Oaxaca —informa Roberto—. Organizaremos juegos de preguntas y veremos filmes de culto. ¿Te gustaría venir? En los juegos apostamos un poco, claro, sólo para conocedores del fantástico mundo fílmico.

—Claro que sí, ahí estaré, me servirá el dinero. Estoy ahorrando para un reproductor Blu-ray.

—¡Jajaja! Pues ya veremos si no acabas pagando mis nuevas bocinas.

Erick y Carlos, disfrazado de Freddy Krueger, llegan a la casa de Roberto para la noche de juegos y películas, y se sorprenden con la gran cantidad de personas reunidas en la sala de estar. Todos a excepción de Erick venían disfrazados de personajes de películas y series de terror.

El joven Domínguez nota que los entusiastas amigos y amigas ya tenían todo listo: botana, cervezas, dos enormes mesas redondas. Al fondo distingue sofás acomodados frente a una enorme pantalla plana y un excelente sistema de sonido para disfrutar las películas.

—¡Wikipedia andante, viniste! —les recibe Roberto, maquillado como el Joker—. Bien, llegan a tiempo. Checa, te presentaré a los chicos. Él es Saul, siempre gana en las categorías de Star Wars. Ha visto todas las series, todas las películas, leído todos los libros, canon y no canon. Nuestro propio caballero Jedi.

—¿Cuál es tu película favorita de Star Wars? —le pregunta Erick.

—El Ataque de los Clones —confiesa Saúl, vestido como un Sith Lord—. Muchas personas odian las precuelas, pero no entienden que esta película nos presenta uno de los acontecimientos más importantes que conecta las tres trilogías: la formación del ejército de clones que acabaría casi por completo con los Jedi. ¿Y la tuya? ¿Cuál es tu película favorita de Star Wars?

—Duna, adaptación de la novela de Frank Herbert en la que George Lucas se inspiró fuertemente para hacer Star Wars.

—Ok.... Bueno, un consejo, sólo da respuestas del universo de Star Wars en la ronda de Star Wars, si quieres ganar.

—Gracias por el dato.

—Y continuando —prosigue Roberto—. En esta mesa están jugando Star Wars: X-Wing y cuando acaben empezamos los juegos de preguntas. Si quieres unirte al torneo de Yu-Gi-Oh, esos chicos se quedarán jugando hasta la madrugada en la otra mesa. A las 10 p.m. arrancamos con las películas. Esta noche el tema es el terror, como ya te diste cuenta. Así que ponte cómodo, y siéntete en libertad de participar en cualquier juego que quieras.

—Qué bien. ¿Cuánto están apostando?

—Jugamos así, en cada ronda, cada jugador pone 50 pesos en el centro de la mesa, quien responda correctamente al mayor número de preguntas gana el pozo. Las rondas son por categoría, cada una de diez preguntas. Puedes dejar el juego cuando quieras.

—Muy bien, se escucha divertido.

Erick toma asiento cuando empiezan los juegos de preguntas y, justo como Carlos había presagiado, responde correctamente no a la mayoría, sino a todas las preguntas relacionadas a películas. Cada una contestada sin dudar, varias incluso contestadas antes de que Roberto terminara la pregunta, y ya estaba acumulando una cuantiosa cantidad de dinero.

Al principio, todos en la casa están realmente apantallados por su vasto conocimiento de películas, incluso los del torneo de cartas de Yu-Gi-Oh pausan el juego para acercarse a verlo contestar al instante las preguntas. Sin embargo, en el transcurso de la reunión, las expresiones de los congregados pasaron de ser de asombro a desconcierto y por último a inquietud, ya que no comprendían cómo era posible que alguien supiera tanto.

—Maravilloso, fantástica noche peliculera. Bien, última ronda. Cine, conocimiento global, preguntas de alto riesgo. Quien no quiera perder más de $50, favor de levantarse de la mesa ahora —avisa Roberto, volteando para ver a Erick—. Erick, aquí las reglas cambian un poco, son cinco preguntas, no hay límite de apuesta y se apuesta por pregunta.

—No hay diferencia para mí, amigo, juguemos.

Erick observa que casi todos se levantan de la mesa, algo molestos por todo lo que perdieron, y sólo dos jugadores más que acababan de entrar a la casa toman asiento.

—Hola, Julio —saluda Roberto—. pensábamos que nunca llegarías.

—Por poco no vengo esta vez, Beto. Examen de álgebra. Karla me estuvo explicando un rato, por fin acabamos —relata Julio, maquillado como Dos Caras—. ¿Quién es el chico nuevo?

—Él es Erick, y ha estado arrasando toda la noche. Creo que haremos una pequeña apuesta nosotros por separado de que finalmente pierdes. Erick, Julio aquí presente ha sido nuestro campeón de esta ronda en las últimas seis reuniones, y yo siempre me esfuerzo por formular las preguntas más difíciles que pueda. ¿Crees poder contra él?

—Creo que será divertido intentarlo.

—Excelente. Empecemos con lo habitual, $200 pesos por la pregunta —da comienzo Roberto, los cinco jugadores ponen billetes y monedas en el centro, chiflan de emoción los espectadores—. Pregunta uno, ¿Quién se encargó del genial stop-motion en Jasón y los Argonautas?

—Ray Harryhausen. Subo a trescientos por la segunda pregunta —contesta correctamente Julio, provocando que el primero dejara la mesa, los demás ponen el dinero.

—Dos. ¿Cómo se llama la empresa de jabones de Tyler Durden en Fight Club?

—Paper Street Soap Company. Subo a $500—arriesga Erick, consiguiendo que otro abandonara el juego.

—Tres. En Volver al Futuro Parte II, ¿Qué equipos competían en el juego con el que el Biff del futuro convence al Biff del pasado de que su almanaque deportivo trae todos los resultados?

—UCLA contra Washington. Seguimos en $500 —responde Erick, y con eso el amigo con el que Julio había llegado se levanta, dejándolo sólo con él en la mesa.

—Cuatro. ¿En qué fecha se fundó Studio Ghibli, el famoso estudio japonés de animación?

—15 de junio de 1985 —alardea Julio.

—Muy bien, estimados, van empatados. Quien conteste correctamente la última pregunta, gana. ¿De cuánto estamos hablando?

—¿Cuánto has ganado hasta ahorita, Erick? —le pregunta Julio.

—Unos cuatro mil.

—Cuatro mil —apuesta Julio, colocando los billetes en la mesa—. ¿Aceptas?

—Es tu dinero, amigo.

—Última pregunta, cine mexicano. ¿Cuántas películas dirigió Pablo Pascal?

—¡Ocho! —contesta con orgullo Erick, celebrando anticipadamente e intentando tomar la pila de dinero.

—¡Incorrecto! —grita Roberto, ante el asombro de todos que por primera vez veían a Erick equivocarse—. Julio, ¿Tienes la respuesta?

—Nueve —contesta con una sonrisa Julio.

—¡Correcto! Ganador por siete reuniones consecutivas, ¡Nuestro queridísimo Julio!

—¡¿De qué hablan?! —levanta la voz Erick—. Pablo Pascal sólo dirigió ocho películas durante toda su carrera. 'El gallo de plata', 'Vaquero sin pistola', 'Rosita de mis amores', la trilogía de los fruteros, 'Ustedes los feos', y 'Memito contra las momias'.

—Y 'El hijo del Fantasma de la Ópera' —presume Julio, tomando todo el dinero del centro de la mesa.

—¡¿Qué?! ¡No existe esa película! —asegura Erick, golpeando la mesa con su puño, sobresaltando a la gente.

—Erick, Erick, cálmate —interviene Roberto—. Sí existe la película, es una de las que veremos hoy. Es de hace como setenta años. Caótica para los involucrados, un desastre en la taquilla y creída perdida por mucho tiempo. Pero alguien la encontró hace un tiempo en un almacén o algo así. La pasaron a digital, lo que pudieron restaurar, y desde entonces ha estado apareciendo en sitios web. La bajé y la traje en una USB.

—Película perdida… película perdida…. ¿Una película perdida? —murmura Erick, con la mirada perdida.

—¿Tu amigo está bien? —le pregunta desconcertado Roberto a Carlos.

—Ya lo había visto así antes, en primaria, cuando se obsesionaba con jugar deportes de acuerdo a las reglas. Un día, el profe trajo una pelota de básquetbol roja y Erick dijo que sólo podía tocar una de color naranja. Llevaron la acalorada discusión hasta la oficina del director donde se le convenció de que el naranja era el color oficial, mas no obligatorio, pero ya nadie quiso jugar básquet ese día. Dale unos minutos, se le pasará.

—Esto no puede estar pasando, no puede estar pasándome… —sigue diciendo para sus adentros Erick, frotándose las sienes, intentando calmarse.

—Erick, mira, se acabaron los juegos, vamos a ver las películas —le informa Roberto—. Iba a dejar 'El hijo del Fantasma de la Ópera' para el final, pero podemos empezar con ésa, si quieres.

—¡Sí, sí quiero!

Erick se sienta en un sofá junto a otros y mira atónito la película. Parecía que evitaba pestañear para no perder un solo detalle de una cinta que no tenía idea que existía. Una que para él no sólo significaba que no conocía todas las obras de su director, sino que ahora también tendría que dudar de lo que creía ya dominar en general.

Y mientras todos los demás bebían cervezas, comían palomitas y se reían de lo malo que era todo sobre la película, la actuación, la escenografía y la historia, Erick sudaba gotas de tensión, sintiendo que todo su mundo se venía abajo por una película de hace 70 años y cero valor artístico.

Cuando la película acaba, Erick parece volver en sí y reactivarse. Debido a que ya había pasado por este tipo de situaciones anteriormente, donde se había topado con una pared que le impedía seguir avanzando y le provocaba dar pasos hacia atrás, ya sabía que lo que seguía era derribarla, y no iba a perder el tiempo.

—¿Qué tal, Erick? ¿Te sientes mejor ahora que la viste? —le pregunta Roberto.

—No, me siento mucho peor.

—¡¿Cómo?! Oye, lo siento, ¿Pero qué tal si...?

—¿Te puedo pedir un favor? ¿Podrías prestarme la memoria?

—Uh, sí, claro, seguro —accede Roberto, entregándole la USB—. ¿Planeas volver a ver esta basura? Verla una vez es suficiente para burlarse de ella, jamás volvería a verla Creo que fue lo mejor para el mundo que estuviera perdida por tanto tiempo.

—Sí, es una horrible película, pero necesito urgentemente volver a verla.

—¿Ya ahorita? ¿No prefieres verla después? Toma asiento, ahora pondremos 'La Cosa', de John Carpenter. Para pasar de una de las peores a una de las mejores películas de terror.

—Gracias, pero no, ya debo irme. Tengo que ver esta película mínimo tres veces más antes de dormir. La paso a mi laptop y te la regreso mañana, ¿Ok? Gracias por invitarme, me divertí muchísimo. Te veo mañana.

—Ok, hasta mañana —se despide Roberto con un apretón de manos, sacado de onda con el extraño comportamiento de Erick.

—No entiendo por qué ponerse así por esta basura. No es como si hubieran encontrado la película perdida de 'London After Midnight' —le comenta Roberto a Carlos, ambos viendo a Erick marcharse con prisa.

—Amigo, no lo sabes, pero acabas de arruinarle el verano.

Pronto amanecería, y en casa de la familia Domínguez, Rocío se levanta para ir al baño, sin embargo, es algo más lo que la despierta completamente: ver por el pasillo la luz que salía del cuarto de su hijo. Se dirige a la habitación y abre completamente la puerta entrecerrada para ver a Erick con una película pausada en su laptop y navegando por Internet en su desktop.

—¿Erick, ya te levantaste? Son las cinco de la mañana, ¿Tienes mucha tarea?

—No, mamá, ni siquiera me he acostado. Desde que llegué he visto esta película tres veces y he leído todo lo que he podido encontrar sobre ella.

—No… no otra vez… —susurra Rocío, sabiendo bien qué estaba ocurriendo.

—Escucha esto, Pablo Pascal dirigió ocho películas conocidas entre 1950 y 1979. Pero en 1957, entre 'Los fruteros: palo cortado' y 'Los fruteros: cáscara pelada', dirigió 'El Hijo del Fantasma de la Ópera'. Una película que él mismo terminó odiando por los cambios que el productor le obligó a hacer, de la que se desvinculó y jamás quiso hablar en entrevistas. Muchos creen que él estuvo detrás del incendio en el que se perdió la cinta original, pero eso es pura habladuría.

—¿Cuál película es la del Hijo del Fantasma de la Ópera? Jamás escuché de ésa.

—Es lo que intento decirte, es la novena película que casi nadie conoce. Mira, aquí dice que en 1965 hubo un incendio en la bóveda donde guardaban películas de nitrato, 'El Hijo del Fantasma de la Ópera' fue una de las destruidas por el fuego. Pero hace dos años encontraron una copia en un almacén, dañada por humedad, no pudieron digitalizar el 100% de la película, se perdieron unos minutos del principio y del final. Lamentablemente, es donde se hubieran mostrado los créditos, así que no hay forma de saber quiénes participaron en la filmación al verla.

—¿Y eso es algo malo?

—¡Es malísimo! ¿Cómo voy a identificar a todas las personas que actúan en la película si no aparecen los créditos?

—Hijo, creo que deberías acostarte, bueno, ya no, porque ya casi es hora de que te arregles para la escuela. Pero si ya estás levantado, hoy puedes preparar tu propio almuerzo.

—Sí, claro, sólo termino de verla y ya me baño o algo.

—Dijiste que ya la viste tres veces, ¿Tanto te gustó?

—No, es malísima, es la peor película que he visto en mi vida, sufro al verla. Por eso sólo voy a verla dos veces más antes de irme a la escuela en vez de las 15 habituales si me hubiera gustado.

—Ay, Erick…

Unas horas después, en la preparatoria, durante la clase de informática, Erick decide que su tiempo estaría mejor aprovechado ignorando las indicaciones del maestro y continuando investigando sobre la película en Internet. Algo que su amigo Carlos advierte.

—Veo que ya te enviciaste con esto —le susurra Carlos, no queriendo que el maestro los escuchara.

—Buenas noticias, Carlos, todos están siendo reconocidos —le regresa el susurro Erick—. Reconocí al hijo del fantasma y a su novia de otra película, los dos volvieron a salir de pareja en 'La madriguera de la coneja', Fabián del Castillo y Carmen Armendáriz. Ya están ellos dos.

—¿Dónde ya están ellos dos?

—En mi lista de identificados —afirma Erick, enseñándole una lista con garabatos y tachones en una libreta—. Es todo lo que me propuse hacer, identificar a los involucrados. Sólo necesito sus nombres, con eso me basta.

—¿De cuántas personas estamos hablando?

—Considerando a los actores y a los detrás de las cámaras, unas 50. No son tantas, creo que ayudó que todos supieran que la película iba a ser una porquería, menos gente que quiso involucrarse.

—No los culpo.

—Al compositor también ya lo tengo. Me pareció que la banda sonora se escuchaba muy similar a la de otras películas de Pablo Pascal, compuesta por Giuseppe Morricone, colaboraban seguido. Y sí, lo corroboré cuando encontré un artículo en el que Giuseppe aseguró haber compuesto la música para esta película.

—Otro menos.

—Producida por Sergio Figueroa, eso es lo que más abunda en Internet por todas las diferencias creativas que culminaron en un par de dientes perdidos y el fin de una amistad de tres años. La mayoría de las escenas de interiores filmadas en los estudios Tepeyac. Guion también de Pablo Pascal.

—Bien, entonces acabarás rápido. Sólo unos cuantos más de esos payasos y listo. Qué bueno.

—No, en realidad no. Y ése es el problema, no somos los únicos que odian esta película. Casi todo lo que encuentro online es de haters que no hacen más que criticar y burlarse de la trama. Está dificultando que encuentre artículos útiles que aporten la información que me falta. Si de por sí son pocos los sitios que se ven confiables, en su mayoría son de blogs y foros.

—Supongo que tendrás que ir a una biblioteca o algo así, ¿No? Para consultar fuentes que no sean de losers escribiendo desde alguna azotea.

—¿Interrumpo, Carlos y Erick? —interrumpe el maestro, acercándose a los amigos—. No veo que estén practicando con las fórmulas de Excel.

—Ya sigo con eso, profe, sólo checaba rápido algo que no me dejó dormir anoche —responde Erick, cerrando el navegador.

—Ay, Erick... —suspira el maestro, no del todo desconocedor de las manías de su alumno.

Erick regresa a casa no exactamente alegre, pero definitivamente no decaído; con la confianza en que aunque aún no tenía todas las respuestas que necesitaba, daría pronto con ellas. Su leve sonrisa se desdibuja de su rostro cuando entra a la casa y ve a sus padres con un serio semblante esperándole en la sala de estar.

—Erick, tu mamá me dijo que ayer no dormiste por estar... investigando sobre una película —inicia con voz firme Arturo.

—Sí, papá, y la investigación dio frutos, pero aún no acabo.

—Vamos, Erick, hoy fue el último día de clases antes de tus vacaciones de verano, ¿No estarás pensando en quedarte en casa todo el tiempo, verdad?

—Claro que no, no todo el tiempo —aclara Erick, colocando su mochila escolar junto a un sofá.

—No sabes cómo me tranquiliza escuchar eso —expresa Rocío, soltando un suspiro de alivio.

—Sólo hasta que consiga todos los nombres.

—¡¿Qué nombres?! —preguntan al unísono Arturo y Rocío.

—Mamá ya sabe, ya le platiqué, de los actores y actrices que salen en 'El Hijo del Fantasma de la Ópera'. Ustedes no lo entienden, no saben por lo que estoy pasando. Ya había escuchado sobre películas perdidas, pero nunca me había realmente puesto a pensar en ellas, nunca me había...

—Obsesionado con ellas —completa Rocío.

—Es como si un mundo nuevo se hubiera revelado ante mí cuando no pude contestar una simple pregunta. Una pregunta que me hizo plantear como 100 más, ¿Cuántas más han sido encontradas? ¿Cuántas siguen siendo buscadas? ¿Cuántas se habrán perdido para siempre? Deben ser cientos, ¡Miles!

—Y tú quieres saber sobre todas y cada una, ¿No? Sí, sí vas a quedarte encerrado todo el verano... —se preocupa Rocío, mirando con desconsuelo a su esposo.

—¡No! ¡No me están escuchando! —se exaspera Erick—. Ya les dije que sólo me interesa esta película. Esto es una oportunidad maravillosa, me dará el cierre que buscaba.

—¿Cierre?

—Sí, mis cierres, ¿Los recuerdan? Para sentir que puedo dejar mi fijación por las películas para siempre, no sólo de las perdidas, de todas las películas en general.

—No lo sé, Erick.... Quizá deberíamos agendar otra terapia familiar, puede ser una recaída —teme la señora Domínguez.

—Cariño, recuerda lo que nos dijo el doctor Santiago.

—Así es, mamá y papá, recuerden lo que les dijo el doctor Santiago. Esto no es algo malo, sólo algo que debo hacer. Yo sé que consigo sacar algo de mi mente cuando obtengo el cierre.

—Tu madre no está muy convencida de eso.

—Ya hemos pasado por esto, mamá. ¿Recuerdas cómo superé mi obsesión por las galletas de vainilla?

—Sí, tuvimos que comprarte todas las galletas de todos los sabores de cada marca de la tienda. Nos miraron como si estuviéramos locos, tuve que decirle al cajero que haríamos postres para 10 bodas.

—Pero funcionó, y ahora puedo comer galletas de cualquier marca y sabor. Lo mismo pasó cuando me metí el mismo día a la alberca y al mar, y cuando empecé a ponerme camisas de algodón y pants de poliéster y viceversa. Y por lo menos ya no creo que la luz de la Luna me matará si me quedo más de dos horas afuera.

—Eso fue porque te emborrachaste una noche con Carlos y se quedaron dormidos en el patio —recuerda Arturo.

—Ok... el punto es que me di cuenta que si paso a la acción, lo supero. Y esto también va a funcionar, si logro conocer todos los detalles de esta película, sentiré que ya no necesitaré saber todos los detalles de las demás. Sólo tengo que acabar lo que empecé, o me quedaré estancado.

—De acuerdo, Erick —accede con renuencia Arturo—. ¿Pero puedes prometernos que olvidarás tu fijación por las películas después de esto?

—No tendré más obsesión que un típico fan de Marvel.

—¿Y cómo planeas terminar esto? —pregunta Rocío, poco persuadida.

—Empezaré yendo a un lugar al que pensé jamás iría en mi vida, la hemeroteca.

Lo primero que nota Erick en la Hemeroteca Nacional es lo bonito y grande que era el lugar. Jamás imaginó que sería agradable estar ahí, y si su obsesión fuera por libros y revistas, gustosamente iría todos los días. Pero no lo era, estaba ahí exclusivamente para averiguar si existía más información sobre una película de la disponible en línea, por lo que se dirige de inmediato al mostrador.

—Hola, buenos días, disculpe, estoy preparando un ensayo para una clase —explica Erick, mostrando su credencial de estudiante—. ¿Tendrá material relacionado al cine mexicano de los años cincuenta que pueda consultar?

—Buenos días, claro que sí. Hacemos una búsqueda en nuestra Base de Datos de acuerdo a las especificaciones que usted me diga, y con gusto le proporcionamos lo que tengamos —ofrece el bibliotecario, examinando la credencial de Erick—. Búsquedas generales generan muchos resultados y me dirá cuál de la lista le gustaría consultar.

—Le agradeceré si empezamos con el primero de la lista, y después con todos los demás.

Erick es guiado a una de las salas y le entregan lo solicitado: ejemplares encuadernados de revistas y periódicos del año en que se estrenó la película, los cuales acomoda a lo largo de una mesa para revisarlos.

Pasan las horas, algo que por lo general no molestaba a Erick, quien realmente disfrutaba dedicándolas a una actividad, esta vez estaba desesperándole. Lo único que evita que se ponga de mal humor es recibir una llamada al celular de su amigo Carlos.

—Erick, ¿Cómo va tu investigación?

—Pues me está llevando a alguna parte, lo que no sé es cuándo voy a llegar a donde quiero.

—¡Ash! —resopla Carlos—. Recuérdame por qué haces esto.

—Es terapia.

—¿Y tenías que hacerlo hoy? Te dije que nos invitaron a una albercada, Sofía y Carmen estarán ahí. ¿Por qué no puedes ser como todos los demás y obsesionarte sólo por chicas?

—No puedo ni quiero posponer esto, Carlos. Te lo he dicho, mientras más pasa el tiempo sin que tenga la información que necesito, más ansioso me pongo. Me empieza a doler la cabeza, me cuesta trabajo dormir, ni siquiera puedo ver otras películas.

—Ok….

—¡Pero por lo demás todo de maravilla! Porque ya casi tengo todas las respuestas. Es increíble lo que encontré aquí. Artículos, reseñas, entrevistas con el elenco principal, hasta vi la foto del día del estreno, 15 de mayo de 1957, en el cine Mariscala. Sólo encuentro un dato más y termino.

—¿Y qué dato es ése?

—El actor que hace del personaje principal, el 'Fantasma'.

—Él no fue el personaje principal, Erick. Sólo sale al inicio por cinco minutos y luego muere en el incendio del teatro de ópera.

—Pero desempeñó el papel más importante, ¿No crees? El personaje cuyo hijo desenvuelve los sucesos de la trama. Sin él la película no podría llamarse 'El hijo del Fantasma de la Ópera'.

—Si tú lo dices. Pero si fue tan importante como tú crees, no vas a tardar en dar con el actor.

—Eso pensé las primeras siete horas desde que llegué, pero comienzo a perder mi característico optimismo. La única alusión a él que encontré fue en una entrevista de una revista a la semana del estreno. Tienen literalmente al elenco principal en un sofá, a todos menos al maldito Fantasma. El pie de foto dice que por problemas personales el 'Fantasma' no pudo tomar parte en la entrevista.

—¿El 'fantasma'? ¿Así le pusieron?

—Sí, qué falta de respeto.

—¿Y dices que no has encontrado nada más sobre él? ¿Absolutamente nada?

—Nada, nada que revele su identidad. Vi el afiche que apareció en cartelera en esas fechas, sólo diré que espero no hayan vuelto a contratar al diseñador. Únicamente los nombres de Fabián del Castillo, Carmen Armendáriz y Pablo Pascal salen, apenas legibles por la enorme máscara del fantasma que cubre casi todo el espacio.

—Y aun así la gente fue a verla.

—Sí, pero el estreno fue como supusimos. La mitad de los espectadores se salió antes de que terminara la película, la otra mitad se quedó porque estaba dormida.

—¿No podías haber elegido una mejor película con qué obsesionarte?

—No. He revisado docenas de periódicos y revistas de ese mes, ese año y décadas posteriores, ni un solo indicio de quién fue el actor —asevera Erick, haciéndole señas al bibliotecario para que le trajera el siguiente cuaderno—. Ninguna otra aparición tampoco. No filmó otra película, ni comercial, ni serie de televisión, ni fue invitado a algún programa de juegos o show matutino. Parece que salió cinco minutos como el Fantasma, actuó mejor que todos los demás juntos, y luego desapareció de la faz de la Tierra. Y tengo que encontrarlo.

—Vamos, Erick, relájate, te estás obsesi… lo siento, no quise decir eso. A lo que me refiero es que, bueno, te faltó un nombre, ¿Y qué? Completar algo al 99% debe ser suficiente, ¿No?

—No, no lo es. Para que esto funcione, tengo que acabarlo al cien por cien.

—No lo sé, amigo, creo que sería mejor que hablaras con alguien.

—¿Sabes qué? ¡Eso es una magnífica idea! —considera Erick, recobrando la esperanza—. Tienes razón, hablaré con alguien que sepa lo que en verdad pasó.

—No es a lo que me refería….

Erick regresa a casa a la mañana siguiente, sus padres se habían preocupado bastante por él.

—¡Erick! ¿Dónde estabas? Estaba muy asustada —le informa Rocío, saliendo de la cocina al escuchar que abrían la puerta.

—Relájate, mamá, estuve todo el día de ayer en el lugar más seguro del mundo.

—¿Estuviste todo el día en la Hemeroteca?

—Sí, a la salida me felicitaron, dijeron que yo leí más en un día que la mitad de México en 50 años.

—Te estuvimos llamando y nunca contestaste.

—Es que salí tarde. Luego fui a casa de Carlos, ideamos un plan para dar con la respuesta que me falta, y me quedé a dormir ahí. Sorry, estuvimos llamando a unos lugares y me quedé sin batería.

—¿Aún no terminas con tu película?

—Voy a hacer una última llamada, si no obtengo la respuesta, sé adónde ir después —comunica Erick, cargando su celular junto al de su madre sobre una mesita.

—Ten cuidado de no ir a lugares peligrosos por tu 'investigación', hijo. Ni estés afuera hasta tarde.

—No te preocupes, mamá. Escúchame, Pablo Pascal murió en un accidente de coche en 1978, ninguno de sus cinco hijos entró en el mundo del espectáculo. La casa productora detrás del filme, Torrencial Films, cerró en 1962, no hay respuestas ahí. Pero, el catálogo de las películas de Pascal y otros directores de los cincuenta fue adquirido en 1992 por Lobo Entertainment. Lo que no sé es si incluya al

Fantasma o si me darán la información que busco, es lo que voy a averiguar.

—¿Vas a hablarles?

—A su estudio cinematográfico, sí —confirma, marcando en su celular un número apuntado en un papel arrugado que sacó de su pantalón.

—Lobo Pictures, buenos días —contesta la mujer al otro lado de la línea.

—Buenos días, disculpe, señorita, ¿Podría contestarme una pregunta sobre una película?

—Estimado, le comento que nosotros no damos información sobre películas. Le sugiero llame al servicio de atención al cliente de su compañía de televisión sobre dudas en la programación.

—No sabrían cómo ayudarme. Mire, señorita, es algo rápido. Sólo busco el nombre de un actor de una película muy famosa.

—Le repito, estimado, que el número al que usted llamó no atiende este tipo de solicitudes. Pero si gusta…

—Muchas gracias —aprovecha Erick—. Mire, en la película 'El hijo del Fantasma de la Ópera', ¿Quién interpretó al fantasma?

—¡¿En la película cuál?!

—El hijo del fantasma de la ópera, de Pablo Pascal. Lobo Entertainment tiene todo el catálogo de este director en su videoteca.

—Lo siento, estimado, jamás escuché de esa película.

—Totalmente entendible, señorita, y no la culpo. Sólo necesito que me haga el favor de ir a preguntarle a su jefe o vicepresidente o alguien quién fue el actor y regrese con la repuesta. Yo aquí le espero, no hay prisa.

—Estimado, como estaba por sugerirle, si gusta, puede ingresar a nuestra página web y mandarnos su duda a través del formulario. Le contactaremos por correo con la respuesta que busca.

—¿Y esperar de cinco a seis meses a que respondan? Mire, señorita, lo que pido es muy sencillo, sólo una duda sobre una película de hace 65 años, es todo.

—Que pase un excelente día.

—¿Bueno…? —alarga Erick, percatándose de que le habían colgado, arrugando más el papel—. Bueno, otra pared de ladrillo.

—No te sientas mal, Erick, ahora estás viendo un trastorno del que desafortunadamente mucha gente padece: la necesidad de ser grosera —dictamina Rocío, viendo a su esposo bajar las escaleras.

—Ah, ahí está, el hijo perdido regresa a casa —bromea Arturo.

—Mejor no se acostumbren a verme mucho por aquí, tengo que estar este sábado en Tijuana —avisa Erick, mostrándole a sus padres una imagen en su celular.

—¿Kameha Fest? ¿Qué es esto? —inquiere Arturo, leyendo el texto en la imagen.

—Una convención de cómics, anime, videojuegos. ¿Y adivinen quién es uno de los invitados? Julián del Castillo, hijo de Fabián del Castillo, actor principal del 'Fantasma'.

—Ajá… ¿Y?

—Y pues estoy seguro de que Fabián le platicó a su hijo todos los detalles de sus películas. Si alguien me puede dar el nombre que busco, es Julián, ahora un popular actor de doblaje que vive en Laredo.

—Tú no sabes si su papá le platicó, Erick. O si es que lo recuerda de haberlo hecho.

—Pues por eso estoy yendo, tengo que preguntarle. Carlos ya me ayudó apartando lugar en el avión, hotel y boleto para la expo. Papá, sólo necesito tu tarjeta para completar la reserva.

—Espera, ¡¿Qué?! ¡¿Yo tengo que pagarlo?!

—Vamos, ya hablamos de esto, dijeron que iban a apoyarme para que pudiera tener mi cierre.

—Pues yo no recuerdo haber hablado de vuelos y hoteles, Erick.

—Como sea, de acuerdo, prometo que al regreso busco un trabajo de verano y te lo devuelvo. Pero esto es algo que tengo que hacer, ¡Ya!

—No lo sé, detective Domínguez, creo que también es sano hablar de límites.

—Tienes razón… quizá sí sería mejor que me encierre en mi cuarto todo el verano…. Igual la diferencia de la calidad del aire en el norte del país sea perjudicial para mi salud y nunca debería salir de esta ciudad y exponer mis desacostumbrados pulmones….

—Golpe bajo… —considera Arturo, cediendo—. ¿Y por qué tiene que ser en avión? Vete en autobús.

—Lo consideré, pero así mato dos pájaros de un tiro, así también supero mi obsesión por los vuelos internacionales.

—¡Vaya! El doctor Santiago tenía razón, las obsesiones sí pueden traer lujos y comodidades —ironiza Arturo, mirando a su esposa, quien de nuevo no se veía contenta con lo platicado—. ¿Cuándo regresarías?

—El lunes, confiado en que ya regreso con el caso cerrado.

—Muy bien, Erick, toma tu viaje. Lo consideraremos tu regalo de graduación de prepa. Y con eso me refiero a que ya no recibirás ningún otro regalo.

—¡Por mí está bien! ¡Gracias, papá! —festeja Erick, abrazando a su padre antes de subir corriendo las escaleras hacia su cuarto.

—Bueno, querida, queríamos que saliera durante el verano. No deberíamos quejarnos, es terapéutico —le anima Arturo a Rocío

—Sí, pero a veces me pregunto si no saldría más barato una terapia de electroshock….

Durante el vuelo, lo único en lo que puede pensar Erick es que ha pasado una semana desde que se enteró de la existencia de la película y aún no conoce todos los detalles de ella, lo cual ya empieza a pasarle factura. Sus ojeras y su punzante dolor de cabeza le recuerdan que necesita con urgencia ponerle fin a esto en la convención.

Y al entregar la azafata la comida de avión, Erick vorazmente comienza a engullirla.

—¿Sabe? Yo también me pongo nervioso cuando subo a un avión —le confiesa el pasajero sentado junto a él, notando su ansiedad.

—Yo me pondré nervioso cuando baje del avión —le responde Erick, confundiéndolo.

Cuando Erick finalmente hace su entrada en la convención, el ambiente bullicioso del lugar provoca que, por unos segundos, caiga en la cuenta de que hay más cosas con qué distraerse en lugar de siempre centrar la atención en un solo objetivo. Pero quizá en otra ocasión se daría el gusto. Consulta el programa y pasa el tiempo visitando los stands y apreciando los elaborados disfraces de los cosplayers hasta que llega el momento de la presentación de Julián del Castillo.

El joven Domínguez toma asiento lo más cerca que puede del podio y escucha atentamente la charla. Sin embargo, casi se queda dormido tres veces en su silla con la aburrida plática de Julián sobre animes de robots y ninjas en los que ha doblado voces, hasta que finalmente parece que está por concluir.

—Y es por eso que siempre estaré endeudado con mi maestro de jiu-jitsu —cierra Julián—. Fue por él que descubrí mi pasión por todo lo japonés y que me llevó hasta estar aquí con todos ustedes el día de hoy. ¡Muchas gracias a todos!

—¡Y un aplauso para Julián del Castillo! —pide el conductor, suscitando una oleada de aplausos—. Quien les recuerdo estará firmando autógrafos después de la sesión de preguntas y respuestas. Así que empecemos, ¿Alguien tiene alguna pregunta para Julián?

Erick no sólo alza la mano, se levanta de un brinco de su silla para solicitar el micrófono, el cual arrebata de la mano del miembro del staff que se lo acerca.

—Sí, gracias —comienza Erick—. Julián, antes que nada, te felicito por tu increíble carrera artística. Estoy seguro de que tu papá estaría muy orgulloso de ti si te viera ahora.

—Muchas gracias, amigo —agradece Julián, sonriendo radiantemente.

—Y hablando de tu papá, una pregunta, en su película 'El hijo del Fantasma de la Ópera', ¿Quién interpretó al fantasma?

Una serie de cuchicheos y risillas comienza a escucharse. "¿Qué?", "¿El hijo de quién?", "¿Tuvo hijos?", "¿Está borracho?", son algunas de las preguntas que se extienden entre las filas de oyentes.

—Disculpa, amigo, ¿Qué película dijiste? —pregunta estupefacto Julián.

—El hijo del Fantasma de la Ópera. Seguro tu papá te platicó varias veces de ella, fue una de las mejores que hizo.

—Este… no, no recuerdo que me haya contado jamás de esa película. ¿Seguro que mi papá salió ahí?

—Sí, si fue la película que lo lanzó al estrellato. Sólo me gustaría que intentaras recordar y me dijeras el nombre de su coprotagonista, el 'Fantasma'. Estaré sumamente agradecido si me ayudas con esto, como tu más grande admirador de México.

—Sorry, amigo, pero creo que ahí sí te fallo, no sé de qué película me estás hablando.

—De la mejor película de la Época de Oro del Cine Mexicano, premiada en Cannes y todo. Así que por favor si tan sólo pudieras darme el nombre del Fantasma.

—Este, amigo, disculpa, ¿Pero tendrás alguna pregunta sobre mis animes?

—Yo sí tengo una, Julián —afirma otro joven del público al que le llevan micrófono—. ¿Cuál de tus personajes ha matado a más personas? ¿Director Blood o Dragon Man?

Erick se siente ignorado cuando Julián se enrolla en una conversación con el otro joven y a él le quitan el micrófono, pero no iba a darse por vencido. Compra un póster en uno de los stands y pacientemente hace cola para la firma de autógrafos. La sonrisa resplandeciente de Julián desaparece cuando ve que el siguiente en la fila es Erick.

—Ay, no....

—Hola, Julián. De nuevo, te felicito por tus emocionantes series y tus vibrantes voces, sólo pasé por mi firma —enuncia Erick, pasándole su póster.

—¿One-Punch Man? ¡No doblo ninguna voz en este anime!

—Oye, mira, ya que estoy aquí, ¿Tuviste tiempo para hacer memoria? ¿Será que ya recuerdas al fantasma?

—Escucha, amigo, me gustaría ayudarte, en serio. Si dices que mi papá salió en esa película, te creo. Pero no sé qué tan mala estuvo para que jamás quisiera contarle ni a mí ni a mi hermano sobre ella.

—Quizá puedas hablarle a tu hermano y preguntarle, quizá le contó en privado o mientras dormías o algo así. Vamos, todas estas personas se forman por horas por fotos y autógrafos, seguro no les molestará esperar cinco minutos más.

—Esto es increíble... —dice en voz baja Julián, firmando con desgana el póster—. Igual si me dijeras el nombre de otra película de este 'fantasma', podría ayudarte a ubicarlo.

—Ése es el problema, no hizo ninguna película más que ésa de Pablo Pascal con tu papá y necesito urgentemente saber su nombre —enfatiza enérgicamente Erick.

—Mira, amigo, te entiendo. Tienes esa pasión por querer dar con la respuesta, así como yo la tengo para doblar a Master Destroyer mientras destruye aldeas con su puño alienígeno. Pero si es algo relacionado a Pablo Pascal, creo que le preguntas a la persona equivocada.

—¿Por qué lo dices? ¿A quién debería preguntarle?

—Mira, mi papá salió en varias películas con Carmen Armendáriz durante los sesenta y setenta. Sí recuerdo que me contó que ella conoció a alguien en un rodaje de Pablo Pascal con el que tuvo un romance por unos meses, luego descubrió que era casado y lo dejó. Y fue con alguien que, como dijiste, nunca volvió a salir en otra película, pero desconozco si fue la misma persona que buscas.

—¡Sí! Tiene que ser él, ¡El fantasma! —grita Erick, alegrándose fugazmente antes de enseriarse—. Pero... ¿Carmen Armendáriz? ¿Dónde puedo encontrarla?

—En un hogar de ancianos, en Puebla.

—Erick, ¿Erick? ¿Está todo bien? ¿Ya vas a regresar a casa? —le pregunta muy nerviosamente Rocío por celular.

—Todavía no, mamá, tengo que hacer una parada en Puebla.

—¡¿Puebla?! Erick, nos dijiste que volverías a casa hoy.

—Lo sé. Sé que lo prometí, pero sólo es una parada exprés y ya me voy a casa.

—Me preocupa mucho lo que estás haciendo, hijo. Estás yendo a muchos lugares tú solo y eso es algo muy peligroso.

—No exageres, mamá, si estoy a menos de 150 km de distancia. No va a pasar nada. Ya ahora sí te juro que termino aquí y me regreso, será rápido.

—¿Cuándo llegas a Puebla? Háblame cuando llegues.

—Ya estoy en Puebla. Te hablo en un ratito, ¿Ok? Te quiero. Bye, bye.

Erick cuelga y se termina su café gigante antes de entrar en el asilo "Casa Celeste". La calma en el interior era completamente opuesta a la turbulencia que tenía en el estómago. Estaba en el lugar que podría otorgarle la última pieza del rompecabezas, uno que de verdad parecía que le hubiera roto la cabeza.

—Buenas tardes, ¿Puedo ayudarle con algo? —le pregunta amablemente la recepcionista.

—Buenas tardes, señorita, llamé hace un par de horas, pidiendo la dirección —menciona Erick, apoyándose en la barra.

—¿Erick Domínguez? Sí, hablaste conmigo. ¿Qué puedo hacer por ti?

—Mire, no estoy familiarizado con el protocolo de visitas. No sé si se programa la cita o se necesite una autorización, pero me gustaría saber si puedo hablar con Carmen Armendáriz. Ella se encuentra internada aquí, ¿No?

—Sí, así es, ¿Es usted pariente de la señora Armendáriz?

—No, no somos familia, pero soy un gran admirador de su trabajo. He visto todas sus películas cientos de veces, soy un fanático de su telenovela 'Los pudientes también lloriquean'. En fin, simplemente la considero la mejor actriz de

México, y cuando un amigo me dijo que ella estaba aquí, me sentí obligado a venir a visitarla.

—La última película que ella hizo fue hace como 30 años, ¿Te gustan las películas y telenovelas antiguas?

—Me encantan, mucho más que la basura que sacan ahora. Por lo menos la utilería era real y no digital como la de ahorita. ¿Sería posible que hablara con ella un ratito?

—La señora Armendáriz no ha tenido visitas en mucho tiempo. Creo que sólo la han visitado cinco veces en los cinco años que llevo trabajando aquí. Es bueno para nuestros pacientes que tengan a alguien de fuera con quien platicar, es terapéutico.

—Muy bien, entonces no habrá problema para que hable con ella de sus películas. Tengo justamente una pregunta muy importante sobre una de ellas que no he podido sacar de mi mente en toda la semana, y me muero por saber si Carmen puede responderla.

—Bueno, si lo que buscas es conocer detalles sobre alguna película que hizo, no sé si hablar con ella vaya a ayudarte.

—Seguro está muy orgullosa de toda su filmografía, ¿Por qué no habría de compartir los detalles?

—Ella padece de Alzheimer —le informa, entregándole una pluma y unas hojas—. De acuerdo, joven, necesito que llene este formulario y uno de nuestros cuidadores le conducirá a la habitación de Carmen.

Erick es guiado hasta una de las habitaciones, el cuidador le abre la puerta y le indica que puede pasar mientras él se queda en el pasillo. Adentro estaba Carmen Armendáriz, sentada en una mecedora, mirando hacia el jardín por la ventana. Parecía que estuviera descansando, pero sólo en lo que comenzaba la siguiente actividad, como si fuera un break entre escenas de alguna película.

—Hola, buenas tardes, Carmen Armendáriz, mi nombre es Erick Domínguez —se presenta Erick, un poco nervioso—. Mucho gusto, espero no le moleste que venga, soy su admirador.

—Oh, hola, mucho gusto, ¿Erick, dijiste? —pregunta con voz débil Carmen.

—Sí, Erick, me preguntaba si podríamos hablar de sus películas. ¿Puedo sentarme?

—Adelante, claro que sí, Erick —permite, indicándole con un gesto que se sentara en la cama frente a ella.

—Gracias. Mire, no quiero abrumarla con mucha información. Me interesa hablar de las primeras películas que usted hizo. Pero si no se siente cómoda, no tenemos que hacerlo.

—¡Uf! Pues las primeras que hice son de hace mucho tiempo, joven, pero no me molestaría hablar de ellas. De hecho, me gustaría mucho, para recordarlas. Adelante, ¿Qué quieres preguntarme?

—Gracias. Mire, señora Carmen, hubo una película que usted hizo que me gustó muchísimo, 'El hijo del Fantasma de la Ópera', ¿La recuerda?

—El hijo del... El hijo del fantasma... —piensa en voz alta Carmen, intentando recordar.

—De la Ópera, sí, con su coprotagonista de muchos años Fabián del Castillo, ¿Se acuerda de él?

—¿Fabián? Claro que me acuerdo de él, un muy buen amigo. Me entristecí cuando me enteré que había fallecido. Su hijo Felipe fue quien vino a visitarme y me dio la mala noticia.

—Julián —se apresura a corregir Erick—. Debió haber sido Julián quien vino.

—Sí, él, Julián, vino a platicar conmigo.

—Sí. Y con Fabián hizo esta película, dirigida por Pablo Pascal, ¿Lo recuerda?

—Sí, también me acuerdo de él. Un muy buen director, todas sus películas puras obras de arte.

—Claro....

—También me entristecí cuando supe que había muerto, en un accidente en su yate.

—En su carro, fue un accidente de coche en el que Pablo perdió la vida.

—Sí, su carro, quedó totalmente destrozado, lo recuerdo.

—Eso pasa cuando chocas a 150 km por hora y luego caes por un barranco. Pero de vuelta a la película, salió también otro actor muy famoso del que quisiera preguntarle.

—¿De qué película estamos hablando?

—El Hijo del Fantasma de la Ópera, la segunda película en la que usted actuó.

—¿Cuántos años tienes, joven?

—17.

—Qué joven, yo también era muy joven cuando empecé a actuar. Recuerdo que hice una película con alguien de quien me enamoré. ¿Cómo se llamaba? Algo de un fantasma, 'El Fantasma del Río Grande'. No, así no se llamaba, se llamaba....

—¿El hijo del Fantasma de la Ópera?

—Sí, ésa, excelente película, un éxito de taquilla. Recuerdo que la gente no podía dejar de hablar de ella.

—Claro....

—Y me enamoré perdidamente de uno de los actores, que resultó ser un coscolino, jeje. Resultó que no sólo me pretendía a mí, a otras actrices también, y encima era casado. Pero yo era tan joven e ingenua, tantas cosas que le creí, jeje.

—¡Wow! Qué canalla. Y este bribón fue el que interpretó al fantasma de la ópera, ¿Cierto?

—Sí, él. Le gustaba que le dijera 'fantasmamor', luego descubrí que no solamente yo le decía así, jeje.

—¿Y cuál es el nombre de este desvergonzado?

—Gustavo, Gustavo Benavides se llamaba, ¿O se llama? No sé qué habrá sido de él, de seguro se fue con alguna de sus amantes. Pero mi madre me dijo que me olvidara de él y que nunca lo buscara. Y eso hice, me dediqué a las películas y luego conocí a mi primer esposo, de él sí preferiría olvidarme, jeje.

Erick se levanta de golpe de la cama y se dirige exaltado hacia la ventana. La enorme presión que sentía como si le taladraran la cabeza finalmente desaparece al escuchar ese nombre y apellido, y realmente se contiene para no llorar del enorme alivio que siente.

—¿Está todo bien, joven?

—Señora Carmen Armendáriz, ¡No sabe usted cuánto le agradezco que me haya dicho ese nombre! No puedo expresar cuán importante era saberlo para mí. ¿Me disculpa un momento? Tengo que salir a hacer una llamada.

—Claro, joven. Y entiendo si ya debes irte, seguro tienes cosas más importantes que hacer. Gracias por la visita, y si llegas a ver a Rodolfo, me lo saludas.

Erick se detiene en seco a medio camino hacia la puerta y comienza a sudar descontroladamente. La presión que se había liberado de su cabeza regresa, y el doble de fuerte.

—Disculpe… ¿Rodolfo?

—El actor del que me preguntabas, Rodolfo González, el fantasma.

—Rodolfo… ¿Entonces no se llamaba Gustavo?

—¿Sabes? Ahora que lo dices, creo que no podré darte su nombre. Recuerdo su rostro, sus manos, su cabello. Pero pienso en su nombre, y quiero decirte que se llamaba Emiliano, pero….

—Pero sí se acuerda de él, ¿No? ¿Qué sí podría decirme con seguridad? —pregunta algo desesperado Erick, volviendo a sentarse en la cama—. ¿Qué me dice de dónde era? ¿Le platicó durante los meses que salieron juntos de dónde era?

—Claro que lo hizo, si el muy bribón quería llevarme allá y casarse conmigo ahí, pero le faltó decirme que ya estaba casado. Eso sí no se olvida, jeje.

—¿De dónde era?

—De aquí, de Oaxaca.

—No estamos en Oaxaca, Carmen, estamos en Puebla.

—Lo siento mucho, mi fan, creo que tampoco podré decírtelo —reconoce Carmen, sumiendo más a Erick en la depresión—. Pero puedo mostrártelo.

—¿Mostrarme?

—Hazme un favor, ve a esa cómoda y abre el primer cajón. Dime qué ves.

Erick se levanta de inmediato y hace lo que Carmen le indica.

—Veo unas flores marchitas y una caja de chocolates vacía.

—Bueno, entonces abre el siguiente.

Erick lo abre y casi se desmaya de la impresión. Ahí estaba la máscara de la película, la que había sido usada por el mismísimo fantasma de la ópera.

—Él se la quedó y luego me la regaló, y se veía aún más guapo sin ella. ¿Qué más hay en ese cajón?

Erick saca una fotografía y con pasmo la inspecciona. Era la primera vez que veía al actor sin máscara, sonriendo en medio de una calle en un pintoresco pueblo. Al fondo cree reconocer el volcán Telapón. Hasta abajo lee la nota del actor: "Ojalá estuvieras aquí". Aún asombrado, se la lleva a Carmen, quien la toma con cariño.

—Llano Chico —especifica Carmen, leyendo la anotación en el reverso—. Siempre quiso llevarme allá, pero nunca me dijo en dónde dejaría a su esposa mientras paseaba conmigo. Era un pizpireto, jeje. Adelante, joven, puedes quedártela.

Erick había gastado casi todo el dinero que le quedaba para tomar los camiones que le llevarían a Llano Chico. Les podría haber pedido a sus padres que le transfirieran más, pero hubiera tenido que decirles dónde estaba y no quería que se preocuparan. Aunque no era como si apagar el celular para que no pudieran contactarlo no fuera a alarmarlos de todas formas.

Sin embargo, tenía otros problemas más urgentes. Ya no era lidiar sólo con una cabeza a punto de explotar, sino también con un estómago vacío. Tendría que comer algo económico en el pueblo al que estaba dirigiéndose, donde sea que ese lugar estuviera.

Al bajar del camión, nota que el pueblo no parecía haber cambiado mucho de como se veía en la fotografía.

Erick come algo en una fonda y aprovecha para preguntarle a la dueña si reconoce al 'famoso actor' de la fotografía o el lugar exacto donde fue tomada, sabiendo que en pueblitos es muy probable que se sepa todo de todos. Especialmente si se trata de una celebridad, aunque fuera de otra generación.

Pero para su sorpresa, la mujer le responde muy tajantemente que no sabe quién es, y lo mismo responden las otras cincuenta personas a las que Erick aborda en la calle con fotografía en mano. Sin embargo, había notado un patrón, todos pasaban de tener un aspecto amigable y dispuesto a ayudar a uno serio de no querer más preguntas sobre el tema. Lo cual le hace creer a Erick que más que no saber, era que no querían decirle.

Pronto anochecería, el joven Domínguez no había planeado por adelantado. Sólo se dejó llevar por sus impulsos y viajó a Llano Chico, pero si no obtenía pronto su respuesta, no sabría qué hacer. Eso le hace cuestionarse: ¿Le alcanzaría para pagar por un cuarto de hotel aun cuando no había visto ni uno hasta el momento? ¿Se regresaría y retomaría otro día su investigación?

De pronto, deambulando por una de las calles, algo le resulta familiar. Las paredes de las casas a ambos lados tenían otro color, habían delimitado un poquito mejor las aceras y la farmacia se había transformado en cantina, pero estaba parado en medio de la misma calle donde la fotografía había sido tomada, coincidiendo incluso con el ángulo desde el que se apreciaba el volcán Telapón al fondo.

Esperanzado por el hallazgo, Erick decide entrar en la cantina y sentarse en la barra.

—Buenas noches, ¿Qué le sirvo? —le pregunta el cantinero.

—¿Tiene algo que relaje y refresque?

—Sí.

—Un vaso de eso —pide Erick, viendo al cantinero servirle cerveza en un tarro sucio—. Gracias.

—¿Se te ofrece algo más?

—Sí, gracias, ¿Podría decirme quién es el hombre en esta fotografía? —pregunta mientras la arrastra por la barra, observando que el cantinero ponía la misma cara de desagrado que los demás.

—Lo siento, no lo conozco, ni sé de nadie que pueda conocerlo.

—Vamos, amigo, todos me dicen lo mismo. Esta foto fue tomada justo aquí afuera. Sí, de acuerdo, hace más de medio siglo, pero es un actor nacido en Llano Chico. Deberían tenerlo como parte de su patrimonio artístico, ¿No? Alguien del que se siga hablando. No quiero sonar irrespetuoso, pero no imagino a otro Pedro Infante o Jorge Negrete saliendo de aquí.

—Como ya le dije, amigo, no lo conozco, y no se ve como alguien que tenga ganas de conocer.

—Pues es que simplemente no me lo creo, después de que le pregunte a la gente en esta cantina, creo que le habré preguntado a todos en el pueblo, ¿Y nadie sabe quién es? —cuestiona con justificación Erick, mirando a su alrededor, advirtiendo que varios le miraban con recelo desde sus mesas.

—Te daré un par de consejos, amigo, deja de hacer preguntas, termínate tu trago y vete de aquí.

—¿Por qué habría de irme? Todavía ni busco guía para un recorrido por el Centro Histórico, ¿Sabes si hay?

—¡Dije que dejaras de hacer preguntas!

—Oye, amigo —pronuncia el de la voz profunda detrás de Erick, poniéndole la mano en el hombro—. ¿Por qué estás buscando a mi papá?

Erick se voltea y mira a un hombre robusto con una chaqueta de cuero, de sesenta y tantos años, que fijamente le observa por unos segundos antes de sentarse junto a él en la barra.

—Hola, oh, ¿Tu papá…? —dice entrecortadamente Erick, quien en vez de alegrarse de haber encontrado al hijo del hombre que busca, no puede evitar perturbarse un poco.

—Sí. ¿Qué quieres con él? —exige saber el hombre, bebiendo de una botella.

—Amigo, vine porque vi a tu papá en una película, 'El hijo del Fantasma de la Ópera'. ¿Sabes cuál es?

—Claro que sé cuál es. Si esa película arruinó mi vida.

—¿En serio? Bueno, no vine a hablar con él, yo….

—Qué bueno porque está muerto —le interrumpe siniestramente.

—Lo siento, no lo sabía, ¿Por eso están así todos? ¿Murió hace poco?

—No.

—Ok, mira, espero que no te moleste, pero me gustaría que me dijeras su nombre.

—¿Por qué?

—Soy un fan, es todo, de las películas viejitas. Creo que tu papá era un excelente actor, me sorprendió mucho que nunca volviera a salir en otra película.

—Era muy buen actor, eso sí, fingió muy bien que le importábamos yo y mi madre.

—Mira, amigo, me doy cuenta de que no se sienten muy cómodos conmigo por aquí —comprende, sintiendo las miradas de todos allí puestas en él—. Así que, si pudieras sólo darme el nombre de tu papá, les juro que me voy de este pueblo y nunca regreso.

—No.

—Ok…. ¿Podrías darme tu nombre y luego decirme si tu papá se llamaba igual?

—No.

—Vamos, estamos hablando del mejor actor de México, ¿No te sientes orgulloso de que haya sido tu padre?

—Mejor vete de una vez, amigo, y nadie te dirá el nombre.

—¿Por qué?

—¡Porque yo lo digo! —explota, dando un puñetazo en la barra.

—Está bien, está bien, nadie tiene que decírmelo. ¿Podrían escribirlo en una servilleta o algo? Ni siquiera necesito leerlo aquí, lo leo cuando llegue a casa —propone, reparando en el tic nervioso que le aparece al hombre en el rostro.

—Ya me platicaron, que llevas horas preguntándoles a todos con los que te cruzas sobre mi papá, ¡Y yo odio que estén hablando de él! Quiero que te levantes de tu silla y te vayas, ¡Ahora mismo!

—Lamento mucho la molestia que mis preguntas ocasionan, pero yo tengo mis propios problemas, ¿Ok, amigo? Mira mi rostro, he dormido seis horas en siete días, apenas si como, mi cabeza me está matando, ¡Así que no me iré de aquí hasta que no me den ese nombre!

El hombre con toda seriedad se abre la chaqueta para mostrarle a Erick que portaba un arma.

—Bueno, quizá sí pueda irme un poco antes... —reconsidera Erick, palideciendo.

—No te sulfures, Agustín, yo me llevo al joven —se ofrece otro hombre sesentón, delgaducho y con sombrero de vaquero, tomando a Erick por el brazo—. Mejor vente conmigo, joven.

Erick sólo asiente con la cabeza y se dirige con el rescatador hacia las puertas, las miradas nunca dejaron de seguirle hasta que sale de la cantina. Jamás había temido por su vida como hace un instante.

—No debiste haber venido, joven. Creo que sería mejor que te quedaras conmigo en lo que se calman las aguas. Me llamo Guillermo —aconseja, llevando a Erick por la calle.

—De acuerdo... —acepta Erick, temblando de miedo—. Gracias, Don Guillermo, yo me llamo Erick.

Guillermo invita a Erick a entrar en su humilde casa y a sentarse a la mesa, realmente dispuesto a tranquilizarlo.

—¿Es verdad lo que dijiste? ¿Sólo viniste a averiguar el nombre de un actor de una película de hace 65 años? —interroga Guillermo, llevándole una jícara con pulque a Erick.

—Por más descabellado que suene, sí, no puedo sacarlo de mi mente —manifiesta Erick, bebiendo el pulque.

—¿Por qué?

—Yo... sufro de una condición, me obsesionan algunas cosas. Intento superarlas, pero a veces son demasiado fuertes, no puedo solamente dejar de pensar en algo y ya. Así que, cuando me siento así por algo, me pongo un objetivo y hago todo lo posible por alcanzarlo. Así obtengo el 'cierre' que necesito para obligar a mi mente a seguir adelante.

—¿Y vale la pena morir por tu 'cierre'?

—Bueno, no… obviamente no, de pronto ya no me importa saber el nombre… tanto como antes.

—Bueno, Erick, si realmente necesitas saber el nombre para conseguir tu cierre, te lo diré. Se llamaba Sergio Aguilar.

—Yo… ¡Gracias! —grita Erick, levantándose de un brinco de la mesa, pero sin sentirse tan emocionado como cuando creyó que Carmen Armendáriz le había dado la respuesta—. Lo siento, pensé que me sentiría mejor. Y sí me reconforta, pero definitivamente no me siento realizado a pesar de que conseguí lo que quería.

—Estoy seguro de que ver a un loco con ganas de dispararte tiene algo que ver con eso.

—Sí, yo también creo que está relacionado…. ¿Pero por qué se puso así? ¿Por qué tanto drama para no decirme?

—Tú te sentirías igual si te enteras de que la razón por la que crecerás sin un padre y te criará una madre neurótica es porque prefirió dejarlos por una mujer que apenas conocía. Definitivamente no es un tema de cháchara para fiestas.

—Hablar sobre madres neuróticas sí suena como un tema de cháchara en mis fiestas.

—Pero te aseguro que nunca verás a una tan neurótica como lo fue Doña Leticia. Armaba tales escándalos cuando se topaba con Sergio y su nueva amante que no tuvieron más remedio que irse del pueblo para evitar más humillaciones. Hasta donde sabemos, se fueron del país, y nunca regresaron. La pobre de Doña Leticia nunca volvió a ser la misma después de eso.

—¿Y Agustín nunca volvió a reunirse con Sergio?

—No, nunca más se volvieron a ver. Años más tarde, Agustín recibió una carta de la mujer con la que su padre había escapado, había muerto de un infarto, la mujer pensó que querría saberlo.

—Qué considerada. Bueno, supongo que eso explica la ira contenida del hijo y la desaparición del mapa del padre, lo que no entiendo es por qué todos en el pueblo habrían de compartir su negativa a tocar el tema. En fin, ya tengo lo que buscaba, hoy finalmente disfrutaré de un largo y bien merecido sueño reparador.

—Ya no hay salidas de camiones a esta hora, Erick, pero agricultores viajan seguido a la ciudad a vender sus productos. Mi amigo Emilio saldrá dentro de unas horas, puedo pedirle que te dé un aventón.

—Pues muchas gracias por toda su ayuda, Don Guillermo, y muy rico el pulque. Aunque ver esa pistola arruinó un poco el momento, me llena de alegría que mi búsqueda haya por fin terminado y….

¡WHAM! Agustín Aguilar abre de una patada la puerta de Don Guillermo e irrumpe en la vivienda con pistola en mano y ojos rojos de ira, sobresaltando a Erick.

—Agustín, cálmate, no vayas a hacer algo insensato —suplica Guillermo, parándose delante de Erick.

—¿Le dijiste el nombre de mi papá? —vocifera Agustín.

—Sí, pero es todo lo que el joven quería saber.

—¿Qué más le dijiste?

—Sólo la misma historia que nuestros padres le contaron a la policía —asegura, confundiendo a Erick—. Él ya iba a irse.

—¿Por qué tan rápido? Si a mí también ya me dieron ganas de hacerle preguntas. Vamos a sentarnos a platicar un rato —recomienda, viendo que ni Erick ni Guillermo se sientan, por lo que les apunta con su arma—. Insisto.

Agustín se acerca y le indica a Erick que se siente frente a él con un movimiento de su arma.

—Guillermo, trae una botella de mezcal y tres vasos. Quiero conocer mejor a nuestro amigo visitante, ¿Cómo te llamas?

—Erick…. Me llamo Erick —responde con voz quebrada Erick mientras Guillermo pone la botella en la mesa.

—Erick, ¿Sabes qué es esto?

—Es una pistola Trejo, calibre .22, modelo 1 GT, fabricadas desde el 2010.

—Impresionante, ¿Sabes de pistolas?

—Sí. Tuve una breve fijación por armas hace dos años luego de pasar el verano jugando videojuegos.

—¿Y sabes lo que puede hacerle a la cabeza de alguien a esta distancia?

—¡Agustín! ¡Deja de asustar a Erick! —grita Guillermo—. Es un buen chico, él sólo vino a averiguar el nombre de tu padre.

—¿Viajar hasta acá y provocar que mi tragedia familiar esté de nuevo en boca de todos sólo para saber un nombre? ¿Es así, Erick?

—Lo lamento, yo sólo vine porque tenía que saber ese nombre. No quise traer a la memoria recuerdos desagradables.

—¿Tenías qué? ¿Quién te obligó a averiguarlo?

—Mi mente. No puedo explicarlo, pero mi mente no me permitía olvidar el tema, es algo que no puedo controlar. Venir aquí era parte de mi terapia para superarlo.

—Y ya lo superó, Agustín, deja que se vaya. Él….

¡BANG! Sin siquiera pestañear, Agustín le dispara a Guillermo en la cabeza y éste se desploma sobre la mesa, derramando el pulque en la jícara.

Erick se queda petrificado unos segundos, en shock. Incluso cuando Agustín ahora apunta el arma hacia él, parecía que había perdido la capacidad de hablar.

—¡¿Por qué lo hiciste?! —finalmente suelta Erick.

—Eso fue parte de su terapia. Verás, el buen Don Guillermo tenía un pequeño problema con la bebida, y ahora ya no lo tiene. ¿Ves? Le ayudé, y ni siquiera soy doctor.

—No tienes que hacer esto. Por favor, no me dispares.

—Creo que tú y yo no somos tan diferentes, Erick. Realmente intento controlar mis impulsos violentos, pero así como tú en la cantina, a veces no puedo detenerme aun cuando todos me pidan que lo haga. Así que espero puedas mostrarme la misma comprensión y cortesía que yo te mostré antes.

—¡Yo no le disparo a las personas!

—Pues me estabas acribillando a preguntas, amigo. Bien, esto es lo que haremos, este mezcal se produce en esta región, nuestro preciadísimo y de altísima graduación 'Diente de Plata'. Vamos a tener un pequeño juego de tragos. El primero que no se termine de un trago todo su caballito de mezcal, se come una bala. ¿Te parece divertido? A jugar.

—No vas a dispararte, y sé que en el fondo no quieres dispararme. Sólo sigues molesto por lo que pasó esta noche, pero se te pasará. Sólo debes darle algo de tiempo —expone Erick mientras Agustín deja el arma y vierte el mezcal en los dos vasos.

—Pues ya le he dado años y creo que nunca se me pasará, Erick. Intenté dispararme hace un tiempo, me detuve en el último segundo y lo he lamentado desde entonces. Pero creo que tú y tus preguntas me han dado otra razón para volver a intentarlo. Si tú ganas, te vas de aquí con tu 'respuesta'. Si yo gano, bueno, hay campo de sobra para sepultar dos cuerpos.

—Detente, por favor, no podemos hacer esto.

—En eso sí tienes razón. Aún no podemos empezar, deja que primero limpie la mesa un poco —dice, aventando el cuerpo de Guillermo con todo y silla al piso—. Ahora sí, hasta el fondo, amigo.

Ambos toman su trago con rapidez. Agustín vuelve a sorprenderse con la destreza de Erick.

—De nuevo algo muy impresionante de su parte, joven, ¿Ya habías probado Diente de Plata?

—Sí. El año pasado pasé por una corta fase de experimentación con todas las bebidas alcohólicas del país luego del spring break en Cancún. Compré Diente de Plata en una feria en Puebla.

—Wow, pues creo que el juego durará más de lo que esperaba —se replantea, rellenando los vasos.

—Entiendo que ser abandonado por un padre debe ser algo traumatizante, ¿Pero matar por ello? ¿No te parece un poco exagerado?

—¿Abandonado? Ésa es la versión para los policías y chicos obsesivos. La verdad es mucho más oscura. Si sobrevives al siguiente trago, te cuento.

Ambos vuelven a tomarse de un golpe el mezcal, ninguno parecía sentir algún efecto todavía.

—Cuéntame, ¿Qué le pasó de verdad a tu papá?

—Ay, amigo, esas obsesiones tuyas van a llevarte a la tumba —juzga, llenando hasta el borde—. Yo era apenas un bebé en ese entonces, todo lo que sé es lo que la gente me platicó después. Pero al parecer mi madre ya estaba harta de las aventuras de mi padre y un buen día decidió que ya se había hartado lo suficiente.

—¿Quieres decir que…?

—Quiero decir que tomemos otro trago, porque ya quiero dispararle a alguien —declara, mirando a Erick a los ojos mientras ambos beben y chocan el vaso vacío contra la mesa.

—Sigue platicándome.

—Disculpa, Erick, ¿Crees que nos estamos haciendo amigos? ¿Crees que si seguimos platicando voy a dejarte ir sin acabar el juego?

—Creo que sufres por frustraciones acumuladas y que hablar puede ayudarte. Mi psiquiatra dice que al desahogarte liberas las emociones negativas de traumas del pasado.

—Pues dile a tu psiquiatra que venga, es más divertido este juego entre tres, tengo más balas —propone, echando más mezcal.

—Quizás tú deberías ir con él. Puedo pasarte su número o agendarte una cita. Él podría prescribirte antipsicóticos o….

—¡Olvídate de tu estúpido psiquiatra! ¡A chupar!

Los dos toman, esta vez Erick tiene un ligero mareo al bajar su vaso, pero al mismo tiempo nota que la mano de Agustín tiembla un poco.

—Cuéntame, ¿Qué más pasó?

—Pasó que ganó en el casting para actuar en esa estúpida película que sólo a ti te gustó. Eso distanció a mis padres, pero no se separaron y poco después nací yo. Le dijo a mi madre que continuaría como actor, le confesó que ya había dormido con una actriz y que también lo haría con todas las demás con las que hiciera más películas. A mi madre no le agradó el comentario y le disparó con una carabina, justo en el rostro. Y luego por alguna razón que nunca le pregunté, le disparó unas cuantas veces más en el cuerpo.

—Yo… lo siento, realmente. No debió ser fácil saber que tu madre había asesinado a tu padre —expresa genuinamente al tiempo que Agustín seguía vaciando la botella.

—Menos condolencias y más tragos. ¡Salud!

A Erick esta vez le hace más efecto el mezcal. Empezaba a ver ligeramente borroso a Agustín, y sólo puede esperar que a él le estuviera pegando más fuerte.

—Todos en ese entonces ya sabían sobre los pleitos de mis padres —continúa relatando sin que Erick se lo pidiera—. Los vecinos que escucharon los balazos se tomaron su tiempo antes de ir a ver quién de los dos había apretado el gatillo. Luego de contemplar la escena, decidieron ayudar a mi madre a enterrar lo que quedaba del cuerpo. No hace falta decirte que al día siguiente ya todos sabían lo que había pasado.

—Y tú apenas un bebé, Agustín, es entendible que te haya afectado irte enterando de los detalles de la muerte de tu padre mientras crecías.

—¿La muerte de un hombre con el que nunca crucé palabras? ¿Realmente crees que eso fue lo que me 'afectó'? —se burla, llenando los vasos, tirando un poco en la mesa.

—¿A qué te refieres?

—Toma tu trago, Erick, e intenta disfrutarlo. Porque ganes o pierdas este juego, sabes que no volverás a tomar Diente de Plata en tu vida.

Erick consigue tomarse el mezcal, pero esta vez es incapaz de bajar el vaso, éste se le resbala de la mano hacia la mesa, algo que hace sonreír a Agustín.

—No, estimado, te dije que la verdad era mucho más oscura. La verdad es que a medida que iba creciendo, iba pareciéndome cada vez más físicamente a mi padre, y eso fue algo que a mi madre tampoco le agradó.

—Ay, no…

—Golpizas, gritos, regaños por nada, presentes en mi día a día por años. Un día me fui de la casa, pero no hallé paz. Tuve mi primera esposa, y no pude evitar golpearla. Me casé una segunda vez, y ahora fui yo el golpeado. Me dijeron que mi madre había muerto, y lo único en lo que pude pensar fue que nunca me enseñó a planchar pantalones.

—Detente, ya no sirvas más —suplica, viendo a Agustín terminarse la botella en los últimos dos tragos.

—Muy bien, Erick, la última y nos vamos —puntualiza, entrechocando su vaso con el de Erick—. ¡Chinchín!

Erick prefiere no mirar su vaso, lo veía triple. Decide cerrar los ojos, confiar en sus instintos y llevárselo a la boca. Cuando los abre, para su gran alivio, el vaso estaba vacío. Levanta la mirada hacia Agustín y nota que un poco de mezcal escurría desde sus labios.

—Mira nada más, creo que tenemos un ganador —felicita Agustín, limpiándose el mezcal de su boca y mentón—. Bien jugado, amigo.

—Espera, Agustín, no lo hagas —implora Erick, viéndolo tomar nuevamente el arma.

—Tengo que, así como tú que tenías que saber el nombre de mi papá. Porque quizá golpee, asesine y beba, pero jamás me rajo. Aparte, no quiero que Guillermo se quede solo.

—Nunca pensé que venir a este pueblo provocaría todo esto. No sabes cómo lamento lo que ha pasado.

—Nada que lamentar, amigo, voy a darte la razón —reconoce, derramando lágrimas—. Sí me hizo sentir un poco mejor hablar contigo, pero hasta aquí quiero salir en tu película.

—¡No lo hagas! —vuelve a gritar, viéndolo llevarse la pistola a la cabeza.

¡BLAM! Agustín lo había hecho, terminó con su vida delante de Erick, quien nuevamente se queda helado por un instante antes de reaccionar y comprender que de todas las cosas que debía hacer en ese momento, salir de ahí debía ser la primera.

Sale corriendo de esa casa. Afuera no le esperaba más que silencio y oscuridad, solamente él vagaba por las calles sin luz. Entonces recuerda lo que Guillermo le dijo sobre los comerciantes y se dirige a toda prisa al camino que llevaba a la ciudad.

Le ofrece lo que le quedaba de dinero a uno de ellos para que le dejara subirse a la parte trasera de su camioneta, se acomoda entre los costales de frutas y verduras, y se encalma cuando el agricultor emprende la marcha. Estar rodeado de un número impar de costales no resultó tan insoportable como lo hubiera sido en otras circunstancias.

Enciende su celular y, no queriendo decir la verdad, tranquiliza a su madre escribiéndole que había pasado una noche inolvidable en Puebla y que al día siguiente llegaría a casa, luego se queda completamente dormido.

Cuando el agricultor lo despierta, ya estaba en la ciudad, y ahora lo que tocaba era llamar a su padre y pedirle una transferencia para que pudiera pagar su regreso a casa. Arturo más que gustosamente accede.

La odisea de Erick había tocado a su fin. Su viaje por respuestas le hizo descubrir más cosas de las que había planeado. Sabía que ya nada volvería a ser como antes, pero se preocuparía de los cambios después, por lo pronto se alegraba de estar vivo. Acostarse de nuevo en su cama jamás se había sentido tan relajante como ahora.

Para su sorpresa, la única mención de la pesadilla rural que vivió la encuentra en una nota amarillista de un periódico que compra unos días después camino a casa. "Noche sangrienta en el pueblo Llano Chico: Hombre asesina a comprade una noche de tragos y luego se quita la vida", era prácticamente lo único informativo que el pequeño artículo brindaba sobre el suceso. No se molestan en dar nombres, ni hacen referencia a una tercera persona en la escena del crimen. Y eso, aunque extraño, lo encuentra muy consolador.

—¿Adónde vas, Erick? —le pregunta Rocío, viendo a su hijo bajar despreocupadamente las escaleras con un traje de baño.

—Me invitaron a una albercada, mamá, regreso al rato.

—¿Habrá mucha gente? Me has dicho que nunca te metes en una alberca con más de 10 personas.

—Vamos, mamá, no pasa nada —minimiza Erick, sonriendo—. Hay cosas mucho más preocupantes allá fuera.

ACERCA DEL AUTOR

Jaime A. De la Garza nació el 16 de octubre de 1985 en Monterrey, Nuevo León. Desde temprana edad sintió fascinación por la creación de mundos imaginarios, diálogos ocurrentes y protagonistas de personalidad enrevesada; manifestando a través de sus acciones su visión del mundo que le rodea.

Talento que explota de lleno en diciembre del 2011 al inscribir en el concurso mensual de guiones cinematográficos de Amazon Studios lo que posteriormente se convertiría en su primera novela publicada: "The Playground".

Certamen cuyos calificados jueces cuentan en su carrera profesional con filmes de alto presupuesto y alta taquilla como Face/Off, The Last Airbender, The Manchurian Candidate, The School of Rock.

Por su escrito participante, Jaime A. De la Garza fue elogiado y votado por jueces, admiradores y participantes por igual como uno de los mejores trabajos presentados.

Lanzado desde entonces dos novelas, una serie de relatos cortos recopilados y distribuidos en una tercera obra, y un cómic digital.

Página de Autor de Amazon:
https://www.amazon.com/author/jaimeadlagarza

Twitter:
https://twitter.com/JaimeaDlagarza

BIBLIOGRAFÍA
The Playground (+18)
Un joven integrante de la mafia neoyorquina busca desesperadamente ayuda para vengar la violenta muerte de su novia. Aquellas que le tienden la mano, sin embargo, pueden acarrearle un peor infierno del que actualmente padece.

El Amanecer De Las Especies

En una alterna, mundialmente belicosa década de los 80s, un fiero soldado irlandés con una extravagante obsesión con el cuidado personal encuentra su devoción por las maquinaciones de su patria en una encrucijada, y sus intereses personales aún más en conflicto al darse cuenta de que quizás exista vida en otros planetas. Y eso no significa forzosamente que vienen en son de paz.

Las Siete Torturas Del Rey Anton IV

Anton IV nunca pensó que pasaría de ser el soberano con poder sobre cada uno de sus súbditos a la presa de todos ellos.

Lune Violette (+18)

La vida adulta de Adele Dechant como una inclemente cazarrecompensas, en este turbulento París de los 70s, no es la época de su vida que más ha estado rodeada de violencia; su supuestamente despreocupada adolescencia en la tranquila villa St. Vendrées estuvo marcada por algo mucho, mucho peor.